VENTE POUR CAUSE DE DÉPART

Du Lundi 30 Avril 1906

HOTEL DROUOT, SALLE N° 11

à deux heures

MEUBLE DE SALON

EN ANCIENNE TAPISSERIE D'AUBUSSON

Tapisseries anciennes

BON MOBILIER MODERNE

Bronzes, Porcelaines, Objets divers

TAPIS, TENTURES

COMMISSAIRE-PRISEUR

Mᵉ Gaston CHARPENTIER

25, Avenue de Trudaine

EXPERTS

MM. PAULME & B. LASQUIN FILS

10, rue Chauchat | 12, rue Laffitte

CATALOGUE

DES

MEUBLES ET SIÈGES MODERNES

Porcelaines

MEUBLE DE SALON

En ancienne tapisserie d'Aubusson

TAPISSERIES ANCIENNES

Bronzes, Objets divers

TAPIS, TENTURES

DONT LA VENTE AUX ENCHÈRES PUBLIQUES

Pour cause de départ

aura lieu

HOTEL DROUOT, SALLE N° 11

LE LUNDI 30 Avril 1906

à deux heures précises

COMMISSAIRE-PRISEUR	EXPERTS
Me Gaston CHARPENTIER	MM. PAULME et B. LASQUIN FILS
25, avenue de Trudaine	10, rue Chauchat. — 12, rue Laffitte

PARIS

Chez lesquels se distribue le présent Catalogue

EXPOSITION PUBLIQUE

Le Dimanche 29 avril 1906, Salle n° 11, de 1 h. 1/2 à 5 h. 1/2

CONDITIONS DE LA VENTE

Elle sera faite au comptant.

Les adjudicataires payeront *dix pour cent* en sus des enchères.

L'exposition mettant le public à même de se rendre compte de l'état et de la nature des objets, aucune réclamation ne sera admise une fois l'adjudication prononcée.]

Paris — Imp. de l'Art, E. MOREAU ET Cⁱᵉ, 41, r. de la Victoire

DÉSIGNATION

PORCELAINES

1 — Garniture de cheminée, composée d'une pendule et deux candélabres, en porcelaine de Saxe.

2 — Grande coupe de surtout en porcelaine de Saxe, à sujets de trois figurines d'homme et de femmes, tenant des guirlandes de fruits.

3 — Miroir en porcelaine de Saxe, avec amours, oiseaux et fleurs en relief.

4 — Grand miroir avec encadrement en porcelaine de Saxe, décor d'enfant, oiseaux, fleurs et rocailles en relief, avec deux bras à une lumière.

5 — Paire d'appliques à cinq lumières en porcelaine décorée.

6 — Candélabre, formé de trois figurines de femmes, en porcelaine de Saxe (fractures).

7 — Paire de lampes en porcelaine de Sèvres. Montées pour le gaz.

8 — Rafraîchissoir en porcelaine de Vienne, décor à fleurs (fracture).

SIÈGES

MEUBLE DE SALON EN ANCIENNE TAPISSERIE D'AUBUSSON

9 — Meuble de salon, composé d'un canapé et six fauteuils, recouverts en ancienne tapisserie d'Aubusson, à décor de paniers fleuris et bouquets de fleurs, dans des encadrements de rinceaux feuillagés, à fond jaune. Contre-fond rouge (moderne). Bois de style Louis XV.

10 — Grand fauteuil en bois sculpté et doré, avec accotoirs à buste de femme, recouvert de soierie brodée. Style Régence.

11 — Deux petites marquises en bois sculpté et
doré de style Louis XV, recouvertes de soierie brodée.

12 — Chaise-longue en trois parties en bois
sculpté et doré, recouvertes de soierie bleue
brodée. Style Louis XV.

13 — Trois fauteuils en bois sculpté, recouverts
de velours.

14 — Fauteuil à oreilles en bois sculpté, recouvert de velours.

15 — Deux chaises légères en bois sculpté et
doré, recouvertes de soierie.

16 — Un canapé avec ses coussins et un fauteuil
confortable, recouverts de velours à ramages
rouges sur fond blanc.

17 — Fauteuil marquise, recouvert de velours
à ramages rouges sur fond jaune.

18 — Un canapé et une chaise basse en bois et
pâte, doré, recouverts de soie brodée. Style
Louis XVI.

19 — Chaise légère en bois doré, recouverte de soie brodée.

20 — Chaise légère en bois doré, recouverte d'étoffe brodée d'argent.

21 — Fauteuil bas, recouvert de soie brodée.

MEUBLES

22 — Grand meuble à deux corps, ouvrant à quatre portes, la partie supérieure formant vitrine, décoré de sujets à personnages et bouquets de fleurs au vernis, orné de chutes, sabots, entrées de serrures, cartouches, cul-de-lampe et baguettes en bronze. Style Louis XV.

23 — Meuble semblable au précédent.

24 — Commode en marqueterie de bois à fleurs, ouvrant à quatre tiroirs époque Louis XV, ornée de chutes-sabots, boutons, entrées de serrures en bronze. Dessus de marbre.

25 — Console en bois sculpté et doré, à quatre pieds, ornements de têtes d'homme, chimères et aigle. Dessus de marbre blanc.

26 — Deux petites dessertes en acajou, à quatre
pieds à cannelures de cuivre ; tablette d'entrejambe ; coins arrondis concaves ; ouvrant à
un tiroir. Dessus de marbre et galerie de
cuivre. Style Louis XVI.

27 — Vitrine plate, forme cœur, en acajou,
ornée de chutes et sabots en bronze. Style
Louis XV.

28 — Desserte en acajou, forme demi-lune, à
quatre pieds et tablettes d'entrejambe. Dessus de marbre et galerie de cuivre. Style
Louis XVI.

29 — Table de nuit de style Louis XV, décoré
au verni. Dessus de marbre.

30 — Bureau à quatre faces en bois de placage
et filets de cuivre, orné de chutes, poignées,
entrées de serrures, sabots en bronze doré.
Style Louis XIV.

31 — Petit chiffonnier à cinq tiroirs en marqueterie de bois. Dessus de marbre.

32 — Grande armoire à trois glaces en bois
laqué blanc et filets roses. Neuf tiroirs dans
le bas.

33 — Un grand lavabos à deux cuvettes. Dessus de marbre blanc à étagère.

34 — Psyché en bois sculpté et doré, de style Louis XVI.

35 — Paravent à trois feuilles de grandeur dif-férente en bois sculpté et doré, de style Louis XV, avec feuilles en soieries et glace à la partie supérieure.

36 — Ecran en bois sculpté peint noir, en partie doré, avec feuille en soie bleue brodée. Style Louis XVI.

37 — Paravent à quatre feuilles en soierie, la partie supérieure vitrée.

38 — Autre paravent plus petit, analogue au précédent.

39 — Ecran en bois et pâte doré, avec feuille en soie brodée de paniers fleuris, oiseaux et feuillages avec feuilles et feuillages. Style Louis XVI.

40 — Un coffre-fort de Fichet, simulant une petite armoire. Dessus de marbre.

OBJETS DIVERS

BRONZES, GLACES

41 — Nécessaire de toilette en argent doré, orné de pierres gravées, avec entourage de turquoises, composé de seize pièces. Dans une gaîne.

42 — Torchère en bronze ciselé et doré, à trépied, de style Louis XVI, monté pour l'électricité.

43 — Brûle-parfums, avec couvercle et anses, reposant sur trois pièces en émail cloisonné.

44 — Miroir à coiffer, avec cadre en argent.

45 — Flambeau de bouillotte en bronze, à trois lumières.

46 — Deux flambeaux, disposés à l'électricité, en bronze argenté.

47 — Statuette de femme en bronze, d'après Pradier.

48 — Glace de cheminée en pâte, de style Louis XVI.

49 — Porte-bouquet en bronze argenté.

50 — Flambeau à deux lumières en bronze.

51 — Nécessaire de bureau, composé de onze pièces en bronze doré, orné de cabochons en agate. Travail russe.

52 — Plat en émail cloisonné.

53 — Support en bois sculpté et doré, forme d'un enfant tenant une palme.

54 — Deux grandes glaces dorées et peintes en blanc, de style Louis XIV.

55 — Deux supports en bois sculpté et doré, à trépied formé par une statuette d'enfant.

56 — Réchauds, salières, légumiers, etc., en ruolz.

TAPISSERIES ANCIENNES

TENTURES, TAPIS

57 — Panneau en ancienne tapisserie de Bruxelles, xviie siècle, représentant un sujet guerrier

à grands personnages, dans un paysage avec
château à pont-levis.

Dimensions environ :
Haut., 2 m. 95 cent.; larg., 4 m. 45 cent.

58 — Panneau en ancienne tapisserie, époque
Louis XIV, à sujets d'enfants-jardiniers dans
un parc avec fontaine, portiques et parterre
fleuris, et château dans le fond. Encadrement
à enroulements de feuilles d'acanthe, fleurs
et feuillages. Armoirie à la partie supérieure.

Haut., 3 m. 05 cent.; larg., 2 m. 59 cent.

59 — Panneau étroit, faisant suite au précédent,
en ancienne tapisserie, époque Louis XV,
tissée d'argent, offrant une figure de femme
dans un paysage, la main droite posée sur
une mappemonde, et tenant de l'autre une
corne d'abondance d'où s'échappe un bou-
quet de fleurs. Bordures haut et bas moderne
à enroulements de feuilles d'acanthe, fleurs
et feuillages.

Haut., 3 m. 15 cent.; larg., 80 cent.

60 — Deux bandeaux en tapisserie à enroule-
ment de feuilles d'acanthe, de fleurs (moderne).

61 — Une paire de rideaux à fleurs imprimées.

62 — Quatre paires de rideaux en soie, avec bordures en soie brochée.

63 — Tenture en soie brochée, à bouquets de fleurs.

64 — Tapis de table en filet ancien.

65 — Deux paires de rideaux en velours, à ramages rouges sur fond blanc.

66 — Deux portières en broderies, à fleurs et arabesques, doublées de damas rouge.

67 — Tapis.